AF381592

Analyse de l'œuvre

Par Cécile Perrel
et Florence Balthasar

Elle s'appelait Sarah

de Tatiana de Rosnay

lePetitLittéraire.fr

Rendez-vous sur lepetitlitteraire.fr et découvrez :

Plus de 1200 analyses
Claires et synthétiques
Téléchargeables en 30 secondes
À imprimer chez soi

TATIANA DE ROSNAY

JOURNALISTE ET ROMANCIÈRE FRANÇAISE

- **Née en 1961 à Neuilly-sur-Seine**
- **Quelques-unes de ses œuvres :**
  - *La Mémoire des murs* (2003), roman
  - *Boomerang* (2009), roman
  - *À l'encre russe* (2013), roman

Née le 28 septembre 1961, d'une mère britannique et d'un père français, Tatiana de Rosnay a été élevée entre Boston (Massachusetts) et Paris. Elle se décrit d'ailleurs comme « franglaise » et est à l'aise dans les deux langues. Aussi, après qu'elle a mené des études littéraires en Angleterre, elle commence à travailler pour différents magazines (*Vanity Fair*, *Elle*, *Psychologies Magazine*, etc.) tout en écrivant tantôt en français, tantôt en anglais.

Tatiana de Rosnay se place depuis quelques années parmi les dix auteurs les plus lus en France et figure également dans la liste des écrivains français les plus lus à l'étranger. À ce jour, elle a publié 13 romans dont *L'Appartement témoin* (1992), *Moka* (2006), *Elle s'appelait Sarah* (2007), *Boomerang* ou encore *Rose* (2011).

ELLE S'APPELAIT SARAH

UN LIVRE, DEUX HISTOIRES...

- **Genre** : roman
- **Édition de référence** : *Elle s'appelait Sarah*, Paris, Le Livre de Poche, 2010, 416 p.
- **1re édition** : 2007
- **Thématiques** : antisémitisme, culpabilité, journalisme, enquête, disparition, Seconde Guerre mondiale

Elle s'appelait Sarah conte deux histoires. D'un côté, celle de Sarah, une petite fille juive victime de la rafle du Vél'd'Hiv pendant l'été 1942 (16 et 17 juillet) ; de l'autre, celle de Julia, une journaliste américaine qui doit rédiger un article à l'occasion des 60 ans de ce triste évènement. Julia devient obsédée par ce qu'elle découvre sur cet épisode de l'histoire de France et réalise que sa propre famille y est mêlée de près. Elle tente alors de retrouver Sarah pour savoir ce que cette enfant est devenue.

Traduit dans 38 pays, vendu à 3 000 000 d'exemplaires, *Elle s'appelait Sarah* a fait l'objet d'une adaptation cinématographique en 2010, avec, dans le rôle principal, Kristin Scott Thomas (actrice britannique, née en 1960).

RÉSUMÉ

L'ARTICLE

Julia Jarmond est une journaliste américaine de 40 ans qui vit en France depuis de longues années avec son mari, Bertrand Tézac. Ils ont une fille de 11 ans, Zoë. Le couple a connu quelques difficultés par le passé, n'ayant pas réussi à avoir d'autres enfants, ce qui l'a profondément ébranlé. À l'époque, Bertrand a trompé Julia avec une ancienne camarade de lycée, Amélie, mais aujourd'hui, tout semble être rentré dans l'ordre.

Le couple doit s'installer dans un nouvel appartement, situé rue de Saintonge, qui a appartenu à Mamé, la grand-mère de Bertrand, la seule à avoir accepté Julia dans la famille et à lui témoigner une véritable affection. De fait, le contact passe difficilement avec le reste de sa belle-famille, dont les membres sont très autoritaires.

Alors que les préparatifs du déménagement avancent, Julia apprend qu'elle est enceinte, ce qui la comble de bonheur. Malheureusement, la réaction de son mari n'est pas celle qu'elle attendait.Bertrand se montre réticent ; il ne se voit pas être de nouveau père à son âge et ne souhaite pas que Julia poursuive sa grossesse. Un avortement est donc prévu, mais elle ne parvient pas à s'y résoudre et décide de garder le bébé, au risque de perdre son mari.

Le magazine pour lequel Julia travaille lui confie la rédaction d'un article sur la rafle du Vélodrome d'Hiver, communément appelée « la rafle du Vél'd'Hiv », qui a eu lieu 60 ans auparavant. La journaliste, intéressée par cette période de l'Histoire, commence ses recherches. Elle lit dans des articles qu'en 1942, le régime nazi persécutait, depuis plusieurs mois, les Juifs d'Europe et notamment ceux de France. Ceux-ci étaient obligés de porter une étoile jaune, avaient l'interdiction de fréquenter la plupart des endroits publics et commençaient même à craindre pour leur vie.

LA RAFLE DU VÉLODROME D'HIVER

Occupée depuis le 22 juin 1940, la France est soumise à l'autorité du IIIᵉ Reich nazi. Au sein du pays, la répression antijuive se fait de plus en plus forte jusqu'à la traque de la population juive. Cette traque connait une funeste étape dans la nuit du 16 au 17 juillet 1942.

Alors que l'Allemagne réclamait la rafle des hommes et femmes juifs adultes étrangers, cette nuit-là, la police française décide de dépasser la demande allemande en n'« [exemptant pas] les Juifs ayant un conjoint aryen, les mères allaitant leurs enfants, les femmes en état de grossesse avancée » (RAJFUS M., *La rafle du Vel d'Hiv*, Paris, Presses universitaires de France, 2002, cité dans PAOLINI E., « La rafle du Vél' d'Hiv', symbole de la collaboration avec le régime nazi », in *lefigaro.fr*, 16 juillet 2017) et les enfants.

La police française rafle ainsi plus de 13 000 Juifs, réveillés brutalement. Une moitié est directement déportée vers les camps de concentration, tandis que l'autre est entassée au Vélodrome d'Hiver, en plein cœur de Paris. Le Vélodrome est bientôt surpeuplé de familles entières internées pendant près de cinq jours, sans eau, ni sanitaires. Les conditions de détention étaient telles que « plusieurs cas de folie, des tentatives de suicide et une trentaine de morts » (*ibid.*), au moins, survinrent avant la déportation de ces hommes, femmes et enfants vers les camps de la mort.

Il a fallu attendre les commémorations de 1995 pour qu'un président de la République française, Jacques Chirac (homme d'État français, né en 1932), admette l'implication de la France dans la rafle du Vél'd'Hiv. Toutefois, quelques années supplémentaires ont été nécessaires pour reconnaitre l'implication de la France dans l'extermination juive, au sens large.

Quelques jours plus tard, par hasard, lors d'une conversation avec Mamé, elle apprend que la famille Tézac est arrivée dans l'appartement de la rue de Saintonge pendant l'été 1942, car les lieux avaient été libérés à la suite d'une rafle. Julia décide donc de faire des recherches afin de connaitre l'identité de la famille qui vivait là à cette époque.

Elle découvre que les anciens occupants de l'appartement de la rue de Saintonge étaient une famille juive, les Starzynski, arrêtés le 16 juillet 1942 par la police française. De plus, Édouard, son beau-père, lui fait le récit d'un évènement qui l'a fortement marqué et qui a eu lieu alors que lui-même n'était encore qu'un enfant. Il venait d'emménager dans l'appartement avec sa famille, lorsqu'un jour, une fillette du nom de Sarah fait irruption et se précipite vers un placard dissimulé dans l'une des chambres : elle y découvre le cadavre d'un petit garçon. Bouleversée par ce récit, Julia lui propose alors de faire des recherches afin de découvrir ce qu'est devenue Sarah.

LES HABITANTS DE LA RUE DE SAINTONGE

En 1942, la police française frappe à la porte de l'appartement des Starzynski, des Juifs d'origine polonaise. La fille de la famille, Sarah, âgée de 10 ans, prend peur et décide de cacher son petit frère, Michel, dans un placard qui leur sert souvent de cachette. Elle l'enferme à clé et lui promet de revenir rapidement le chercher. Le reste de la famille est arrêté et emmené par la police au Vélodrome d'Hiver, où des milliers de Juifs doivent demeurer pendant plusieurs jours, dans des conditions épouvantables, sans eau et sans nourriture. Là, Sarah avoue à son père qu'elle a caché Michel. Affolé, Starzynski demande aux policiers l'autorisation d'aller chercher l'enfant, mais ceux-ci refusent. Sarah se sent alors terriblement coupable et craint d'avoir condamné son frère à mourir dans le placard.

Quelques jours plus tard, ils sont tous envoyés en train vers des camps situés au sud de Paris. Rapidement, les familles sont séparées, les parents ne faisant là qu'un bref passage avant leur départ pour Auschwitz. Sarah se retrouve seule dans le baraquement pour enfants, avec pour obsession de regagner Paris et de délivrer son frère. Elle fait bientôt la connaissance d'une autre fillette, Rachel, qui la convainc de s'évader.

Ensemble, elles réussissent à s'enfuir et errent longuement dans la campagne environnante, se cachant dans les forêts. Elles se retrouvent finalement chez Jules et Geneviève Dufaure, un couple qui les recueille. Mais Rachel est malade, et le médecin appelé à son chevet signale sa présence aux autorités allemandes. Cachée dans la cave, Sarah assiste à l'arrestation de son amie.

Heureusement, les Dufaure ne sont pas inquiétés. La jeune fille leur explique alors qu'elle souhaite se rendre à Paris afin de délivrer son frère. Le couple décide de l'accompagner. Toutefois, en arrivant à l'appartement, Sarah est surprise de constater qu'une famille inconnue occupe désormais les lieux. Elle se précipite tout de même dans la chambre, ouvre le placard et y découvre le corps sans vie de son frère Michel.

À LA RECHERCHE DE SARAH

Édouard remet à Julia une série de lettres datées de septembre 1942 à avril 1952 : elles ont été écrites par Jules Dufaure et sont adressées à André Tézac, son père. Elles parlent exclusivement de Sarah, de sa scolarité et de sa santé. Julia découvre que, pendant 10 ans, tous les mois, André Tézac a en effet envoyé de l'argent aux Dufaure afin de subvenir aux besoins de Sarah. Il ne s'était jamais pardonné la scène de la découverte du corps de Michel et pensait qu'il était de son devoir d'aider la fillette.

Par ailleurs, Julia réussit à localiser une certaine Nathalie Dufaure, qui se révèle être la petite-fille du petit-fils de Jules et Geneviève qui, enfant dans les années 1950, a connu Sarah. La jeune femme organise une rencontre avec son grand-père, qui apprend à Julia que Sarah a quitté la France pour les États-Unis en 1952 et qu'à partir de 1955, plus personne n'a eu de ses nouvelles. Ils savent seulement qu'elle s'est mariée avec un Américain.

Pendant les vacances d'été, Zoë doit partir chez ses grands-parents, aux États-Unis. Julia décide de l'accompagner afin de poursuivre ses recherches là-bas. Elle espère en apprendre plus sur Sarah. Pour cela, elle se rend à sa dernière adresse connue. Mais là-bas, c'est le choc : elle apprend que Sarah est morte dans un accident de voiture, en 1972. Elle a eu un fils, William, qui vit en Toscane. Résolue à aller jusqu'au bout de ses investigations, Julia s'envole pour l'Italie avec Zoë. Là-bas, elle rencontre William, qui ignore tout de l'histoire de sa mère. Il se fâche, et leur rendez-vous tourne court.

Julia retourne alors en France. Les mois passent et sa grossesse arrive à son terme. Un jour, alors qu'elle n'a eu aucune nouvelle de lui depuis l'été, William se présente chez elle. Celui-ci a entrepris des recherches et a découvert que Julia lui avait dit la vérité. Il lui apprend que sa mère s'est en fait suicidée, parce qu'elle était hantée par ce qu'elle avait vécu et par la mort de son frère, dont elle se sentait responsable.

Peu de temps après, on apprend que Julia s'est installée à New York avec Zoë. Elle a quitté Bertrand, qui lui a avoué qu'il aimait Amélie et souhaitait vivre avec elle. Ne pouvant s'empêcher de penser à William, elle fait des recherches et découvre qu'il vit dans la même ville. Un jour, le téléphone sonne : c'est lui. Il lui propose un rendez-vous. Elle accepte, et ils se rencontrent plus tard, dans un café où Julia lui présente son bébé, une petite fille prénommée Sarah.

ÉTUDE DES PERSONNAGES

SARAH

Sarah est une petite fille âgée de 10 ans en juillet 1942. Française née de parents juifs d'origine polonaise, elle subit avec sa famille les persécutions dont sont victimes les Juifs de l'époque.

Fière, intelligente et volontaire, elle pense sauver son petit frère adoré en le cachant dans un placard lors de l'arrestation de toute la famille. Malheureusement, elle ne peut revenir le chercher à temps, et celui-ci meurt. Toute la vie de Sarah sera alors marquée par ce drame, dont elle se sent responsable, et par les horreurs qu'elle a vécues pendant cet été 1942.

Recueillie par une famille française, les Dufaure, elle tente de se reconstruire, mais les souvenirs sont trop présents en France. Pour cette raison, elle part s'installer aux États-Unis, allant jusqu'à cacher son passé et sa véritable identité à son mari ainsi qu'à son fils. Le sentiment de culpabilité est cependant trop lourd : elle se suicide au volant de sa voiture en 1972.

Le personnage de Sarah incarne la douleur du survivant telle qu'elle s'est manifestée chez de nombreuses victimes ayant réchappé à la Shoah : bon nombre d'entre eux ont en effet connu ce sentiment de culpabilité et se sont interrogés sur le pourquoi de leur survie. À l'instar de Sarah, beaucoup n'ont ainsi pas pu recouvrer une vie normale, et ce poids sur leurs épaules a parfois pu les mener au suicide.

JULIA JARMOND

Julia Jarmond est une Américaine âgée d'une quarantaine d'années en mai 2002. Elle est mariée à un Français, Bertrand Tézac, et vit en France depuis de très nombreuses années. Elle a une fille, Zoë, âgée de 10 ans. Son couple a connu des difficultés : Julia et son époux n'ont jamais réussi à avoir un deuxième enfant tandis que Bertrand l'a trompée avec une ancienne camarade de lycée – ce qui laisse de profondes cicatrices dans leur relation.

Journaliste pour un magazine, elle doit écrire un article sur la commémoration de la rafle du Vél'd'Hiv. Cette période de l'histoire française, dont elle ignore tout, va profondément la marquer, surtout lorsqu'elle découvre que la famille de son mari y est mêlée.

Intelligente, mais têtue, elle cherche à savoir ce qu'est devenue Sarah, malgré les avertissements de son beau-père, qui lui demande d'abandonner ses recherches. Au fil du roman, Julia se montre de plus en plus volontaire et indépendante par rapport à sa belle-famille et au jugement que celle-ci porte sur elle. Avant de se lancer dans cette enquête, elle se préoccupait beaucoup de l'opinion des Tézac, mais la découverte de l'histoire de Sarah change totalement la donne. Face au destin tragique de Sarah, elle prend conscience de ce qui compte réellement pour elle, et ce pour deux raisons :

- sa fille Zoë a l'âge qu'avait Sarah au moment de son arrestation. Julia ne peut donc s'empêcher d'identifier la fillette à son propre enfant et cherche à connaitre la vérité en hommage à Sarah ;
- sa prise de conscience de la fragilité de la vie.

Les Starzynski étaient une famille ordinaire, tout comme la famille de Julia. Soudain, ils se sont trouvés mêlés à des choses qui les dépassaient et ont été victimes de la barbarie des hommes. Julia comprend donc que la vie est particulièrement fragile et prend conscience que l'équilibre qu'elle connait pourrait basculer à tout instant. Pour cette raison, elle réévalue ses priorités et décide de se consacrer à ce qui a le plus d'importance à ses yeux.

Dès lors, Julia décide de reprendre en main sa vie et ouvre les yeux sur de nombreux détails qui empêchaient son épanouissement. Désormais à l'écoute d'elle-même, elle décide de rentrer aux États-Unis pour y élever ses deux filles, Zoë et Sarah.

LES TÉZAC

Les Tézac sont une famille bourgeoise pleine de principes. Elle est tout d'abord composée de Mamé, la grand-mère, qui est la seule à avoir accueilli Julia à bras ouverts. Aujourd'hui très âgée, elle vit dans une maison de retraite où Julia lui rend visite plusieurs fois par semaine. C'est d'ailleurs au hasard de l'une de leurs conversations que la journaliste apprend comment les Tézac ont acquis l'appartement de la rue de Saintonge – ce qui déclenche les investigations de Julia. Mais Mamé perd la tête, et Julia ne peut donc pas lui confier ce qu'elle a découvert au sujet des Starzynski.

Édouard est le fils de Mamé et le père de Bertrand. C'est un homme autoritaire qui n'accepte pas la discussion. S'il est d'abord opposé aux recherches de Julia, il finit cependant par lui révéler ce qu'il sait de l'histoire de Sarah. Il avait préféré se taire, car cette histoire, pourtant vieille de plusieurs décennies, continuait à le hanter, tant il avait été choqué par la visite de Sarah et la découverte du corps de Michel. Suite à ces révélations, Édouard prend le parti de Julia contre le reste de la famille, qui lui reproche d'avoir déterré le passé.

Bertrand est le mari de Julia. C'est un homme séduisant et intelligent, mais ces caractéristiques, que Julia appréciait au début de leur mariage, ressemblent de plus en plus à des défauts, et Julia a du mal à les supporter. Bertrand la trompe avec Amélie et lui demande d'avorter lorsqu'il apprend qu'elle est enceinte. Après cela, leur rupture est consommée.

Le reste de la famille est encore composé de Colette, la mère de Bertrand, et de ses filles, Laure et Cécile.

CLÉS DE LECTURE

UNE DOUBLE NARRATION

Elle s'appelait Sarah est un roman qui a ceci d'original que le lecteur y trouve mêlées deux histoires contées selon des points de vue différents :

- d'une part, nous avons affaire à l'histoire de Sarah : le lecteur vit avec la petite fille les évènements auxquels celle-ci est confrontée. Le monde est alors envisagé selon le regard que la fillette porte sur lui, par l'intermédiaire d'un narrateur omniscient. Ce dernier n'est donc pas la petite fille elle-même, mais une sorte d'instance qui connait tout d'elle : « La fillette glissa sa main dans celle de son père. Elle se dit qu'elle était en sécurité. » (p. 34) Il en sait également plus que l'enfant : c'est ainsi que le lecteur apprend que le père de Sarah « recommençait à pleurer et ne l'écoutait pas. Il était enfermé dans sa propre peine, dans sa propre peur » (p. 40) ;
- d'autre part, nous est relatée l'histoire de Julia, une journaliste qui enquête sur la jeune fille.

La première partie du roman, qui présente principalement la quête de Sarah – qui tente de revenir à Paris pour sauver son petit frère –, est construite selon un schéma bien précis : à chaque chapitre portant sur l'histoire de Sarah succède un chapitre sur Julia. De cette façon, le lecteur comprend que les deux destins sont liés. Cette technique permet également de rendre le passé plus réel, plus présent à nos yeux.

En effet, Sarah vit en 1942 et Julia en 2002. Pourtant, elles parcourent les mêmes lieux, vont aux mêmes endroits, ce qui permet au lecteur d'actualiser l'histoire de Sarah : certes, elle s'est déroulée il y a plusieurs dizaines d'années, mais si les lieux existent encore, l'histoire de la fillette ne sera jamais complètement effacée.

Lorsque la quête de Sarah prend fin avec la découverte du cadavre de Michel, le roman prend une autre forme et s'intéresse alors seulement aux actions de Julia. La narration acquiert une nouvelle dynamique, celle de ce personnage contemporain, sans pour autant oublier le passé, puisqu'il reste au cœur de la quête de Julia. Le roman s'achève avec la fin de cette quête : Julia a appris ce qu'il était advenu de Sarah, a réussi à réhabiliter la mémoire des Tézac et est en train de tisser un lien très étroit avec le fils de Sarah.

Enfin, Julia appelle son enfant Sarah. Ce choix manifeste sa volonté d'établir un trait d'union entre passé et présent, d'appeler à une réconciliation qui lui permette d'apaiser sa culpabilité en empruntant la voie du souvenir et de l'hommage.

UN ROMAN HISTORIQUE ?

Le roman historique nait au début du XIXᵉ siècle avec les écrits de Walter Scott (écrivain écossais, 1771-1832) comme *Waverley* (1814), *Ivanhoé* (1819) ou *Quentin Durward* (1823). En France, citons encore quelques exemples de romans historiques célèbres comme *Les Chouans* (1829) d'Honoré de Balzac (1799-1850), *La Reine Margot* (1845) d'Alexandre Dumas (1802-1870) ou *Quatrevingt-treize* (1874) de Victor Hugo (1802-1885).

Par certains de ses aspects, *Elle s'appelait Sarah* s'inscrit dans la lignée de ces ouvrages qui prennent comme toile de fond un épisode de l'Histoire auquel sont ajoutés des éléments, des faits et des personnages fictifs. En tant que roman historique, l'œuvre de Tatiana de Rosnay opère en effet un subtil mélange de faits réels et fictionnels.

Tout d'abord, l'auteur prend pour toile de fond un évènement réel : la rafle du Vél'd'Hiv, en juillet 1942. Le roman débute sur cette journée du 16 juillet au cours de laquelle des milliers de Juifs sont arrêtés par la police française. À cette occasion, la petite Sarah se remémore les interdictions instaurées progressivement à l'encontre des Juifs comme « leurs cartes d'identité [...] tamponnées des mots "Juif" ou "Juive" [puis de] tout un tas de choses qu'ils ne furent plus autorisés à faire [et] les panneaux [fleurissant] un peu partout : "Interdit aux Juifs" [ou] "Entreprise juive" » (p. 43). Tous ces faits sont avérés et, même si les personnages sont fictifs – ce qui est typique du roman historique –, les évènements qu'ils subissent en font des figures crédibles, qui auraient pu réellement exister.

Le propre du roman historique est également d'insérer des personnalités qui ont réellement marqué l'Histoire au sein de l'intrigue. Ces derniers peuvent simplement être cités ou être des acteurs plus ou moins importants dans le déroulement de l'intrigue. Ainsi, lors de la commémoration du 60ᵉ anniversaire de la rafle du Vél'd'Hiv, « le Premier ministre Jean-Pierre Raffarin [homme politique français, né en 1948] prit la parole » (p. 265).

S'ensuit la transcription rigoureuse de véritables extraits du discours tenu à cette occasion par le Premier ministre français de l'époque. L'écho des paroles de Raffarin résonne et impacte Julia, l'héroïne fictive du roman, car l'orateur reconnait pleinement l'implication de l'État français : « Oui, le Vél d'Hiv, Drancy, Compiègne et tous les camps de transit [...] ont été organisés, gérés, gardés par des Français. Oui, le premier acte de la Shoah s'est joué ici, avec la complicité de l'État français. » (p. 266) Prononcé à Paris le 21 juillet 2002, ce discours a eu une résonnance forte, puisque ce n'est qu'après 60 ans que la France a reconnu son implication dans le massacre des Juifs ; il n'est donc pas anodin qu'il ait été transposé dans un roman tel qu'*Elle s'appelait Sarah*.

En outre, les lieux dans lesquels Tatiana de Rosnay fait évoluer ses personnages imaginaires concourent encore à assoir l'historicité du récit : par exemple, la rue Nélaton, dans le 15ᵉ arrondissement de Paris, a bien abrité le Vélodrome d'Hiver, tandis que le camp de Beaune-la-Rolande, dans le Loiret, a lui aussi existé. C'était, comme le précise le roman, un camp de transit par lequel sont passés des milliers de Juifs avant leur départ pour Auschwitz, le plus grand camp de concentration et d'extermination.

Enfin, l'enquête menée par Julia permet de recouper les informations glanées dans le témoignage de Sarah. La journaliste se base sur d'autres témoignages du passé ce qui vient encore renforcer l'ancrage historique des faits et confirmer cette appellation de « roman historique ».

UN ROMAN D'APPRENTISSAGE

Le genre du roman d'apprentissage, aussi appelé roman de formation, est né en Allemagne au XVIIIe siècle sous l'appellation de « *Bildungsroman* ». Il relate le cheminement, l'évolution d'un héros qui, jeune et sans expérience au début de l'œuvre, murit et se forge sa propre conception de la vie. Dans ce type d'ouvrage, le personnage doit souvent faire face à différentes épreuves à partir desquelles il fait l'apprentissage d'une forme de sagesse.

Le roman d'apprentissage décrit donc la maturation d'un héros à l'instar des romans de Johann Wolfgang von Goethe (écrivain allemand, 1749-1832), dont *Les Années d'apprentissage de Wilhelm Meister* (1796), de Stendhal (écrivain français, 1783-1842) avec *Le Rouge et le Noir* (1830) ou de Gustave Flaubert (romancier français, 1821-1880) et son *Éducation sentimentale* (1869).

Au premier abord, *Elle s'appelait Sarah* ne semble pas correspondre au roman d'apprentissage traditionnel : la principale protagoniste, Julia, n'est pas une jeune première sans expérience, mais une mère d'une quarantaine d'années, mariée et trompée par son époux. Pourtant, elle a ceci en commun avec un héros type du roman de formation que, confrontée à différentes épreuves, elle murit tout au long du récit.

Au début de l'œuvre, le lecteur fait en effet face à un personnage passif, spectateur de sa vie, qui ne cherche pas à résoudre les difficultés qu'il rencontre par peur du conflit, mais aussi par facilité.

En se mariant rapidement après avoir rencontré Bertrand, elle a tendance à se laisser guider par son époux : « Ce déménagement me faisait-il plaisir ? Je n'en étais pas sûre. Bertrand ne m'avait pas vraiment demandé mon avis. Nous n'en avions, à dire vrai, quasiment pas discuté. » (p. 15) En outre, sa belle-famille ne l'accepte pas ; elle aurait voulu un autre enfant, mais n'a pas réussi. Alors qu'elle est enfin sur le point de réaliser ce rêve, Bertrand le lui refuse et propose l'avortement. Quoiqu'elle ne soit plus une enfant, Julia a encore beaucoup de choses à apprendre. Par exemple, elle est totalement ignorante à propos des évènements sur lesquels elle doit écrire, la rafle du Vél'd'Hiv : elle se dit d'ailleurs « désolée d'avoir quarante-cinq ans et d'en savoir si peu » (p. 274).

Mais, par la suite, la découverte de l'histoire de Sarah joue le rôle de catalyseur : Julia prend conscience de la fragilité de la vie et de ses propres attentes. Petit à petit, elle se retrouve face à l'obligation d'agir, de grandir, afin d'être en accord avec elle-même :

- elle n'hésite pas à braver les interdictions d'Édouard et à pousser toujours plus loin ses investigations sur l'histoire de la petite Sarah ;
- elle s'oppose enfin à Bertrand, lorsqu'elle tombe enceinte et décide de garder son bébé,

malgré le refus de son mari – qu'elle finit d'ailleurs par quitter.

Au fil du roman et de ses erreurs – qui font partie de la construction du héros –, Julia prend enfin sa vie en main, sans plus se laisser influencer par son entourage comme elle en avait l'habitude. La passivité qui caractérisait ce personnage au début du roman a laissé place à une forme d'épanouissement et de sagesse. Sa sérénité se traduit notamment dans son interprétation plus posée et moins impulsive des silences dans lesquels elle peut entendre, par exemple « ne m'appelez pas, ne cherchez pas à me contacter, s'il vous plait, je dois reconsidérer toute mon existence, j'ai besoin de temps et de silence, de paix. Je dois trouver qui je suis désormais » (p. 367).

UN ROMAN SUR LA CULPABILITÉ

Dans *Elle s'appelait Sarah*, l'un des thèmes transversaux est la culpabilité. Cette dernière désigne un sentiment qui pousse une personne à se sentir responsable d'un évènement, le plus souvent grave. Plusieurs personnages en souffrent au fil de l'histoire : principalement Sarah, mais aussi Édouard, Julia ainsi que les Français en général.

Ce sentiment nait de diverses sources :

- **la culpabilité du survivant.** Avec Sarah, l'auteure présente une forme de culpabilité très répandue en temps de guerre ou à la sortie d'un conflit. Ainsi, nombreux sont les survivants des camps nazis qui ont difficilement pu supporter d'avoir survécu, voire n'ont jamais pu surmonter cette épreuve et ont mis fin à leurs jours. Guillaume, un « nouvel ami » (p. 67) présenté à Julia par Hervé et Christophe, lui confie d'ailleurs « que le pire pour [sa grand-mère] fut d'avoir survécu alors que tous les autres étaient morts. De devoir continuer à vivre sans eux. Sans sa famille » (p. 78). C'est le même poids qui pèse sur Sarah jusqu'aux États-Unis, alors même qu'elle tente de se construire une vie de l'autre côté de l'océan, coupant les ponts avec la France et omettant de parler de son passé. Seule survivante d'une famille de quatre, Sarah est, en outre, hantée par le souvenir de son petit frère. Son sentiment de culpabilité est d'autant plus pesant qu'elle se sent particulièrement coupable du décès de Michel. Déjà, enfant, alors qu'elle se dirigeait vers le camp de transit, « elle ne cessait de penser à son frère. À chaque kilomètre parcouru, son cœur se faisait un peu plus lourd » (p. 99). Sarah ne pouvait alors s'empêcher d'imaginer tous les scénarios possibles et de se demander ce qui aurait pu advenir si elle n'avait pas caché et enfermé Michel dans cette cachette ; et elle ne pouvait s'empêcher de conclure que « [c]'était sa faute. Tout était sa faute » (p. 176). Plus tard, les années passant, le poids de cette culpabilité ne s'est pas envolé, et Sarah a fini par se suicider. Elle écrit d'ailleurs à Michel : « Je porte le poids de ta mort comme je porterais un enfant. Je le porterais jusqu'à la mort. Parfois je voudrais m'en aller. Le poids de ta mort m'est trop insupportable » (p. 362) ;

- **la culpabilité du témoin.** Édouard, tout comme son père, a été témoin d'un évènement horrible provoqué par la rafle : la mort d'un enfant de 4 ans, caché dans l'appartement familial. André Tézac « était rongé de culpabilité, pensait que tout était sa faute, même ce qui, bien sûr, ne l'était pas » (p. 237). Et Édouard partage ce sentiment. N'ayant rien pu faire, ni alors ni plus tard, il peut seulement se souvenir : jamais il n'oubliera ni la découverte du corps du garçonnet ni « [les] yeux [de Sarah]... Tant de haine, tant de souffrance, tant de désespoir dans ses yeux ! Le regard d'une femme dans le visage d'une petite fille de dix ans ! » (p. 236) Son père, quant à lui, a envoyé de l'argent, en secret, pour la jeune fille. Cette culpabilité déteint même sur Mamé, la mère d'Édouard : elle n'a certes pas été un témoin direct, mais a vécu au côté de deux hommes profondément meurtris par cette expérience ;

- **la culpabilité à rebours.** Julia peut être considérée comme la représentante de cette forme de culpabilité. Alors que rien ne la lie aux évènements (elle n'est ni française ni réellement proche des évènements), la journaliste ne se sent pas la force de vivre dans un appartement ayant appartenu à une famille juive raflée. Elle s'approprie le lien qui unit la famille Tézac à Sarah, et ce lien motive un combat, une mission dont elle se sent investie. Elle confie d'ailleurs se sentir coupable au point de ressentir le besoin de dire en personne à Sarah « qu'elle compte pour nous et que nous n'avons pas oublié » (p. 274). Elle se sent également coupable d'en savoir si peu sur cette période de l'Histoire ;

- **la culpabilité collective.** De nos jours, « les gens n'en savent pas suffisamment sur le sujet. Même Christophe [à l'instar de nombreux Français] ignorait à peu près tout » (p. 81). Ce constat est celui auquel Julia parvient au début de ses recherches. Et c'est peut-être parce que, comme le confie un témoin français, « ce sont les jours les plus sombres de notre histoire » (p. 108), que personne ne se souvient. « Honte à nous tous d'avoir laissé faire » (p. 107), car c'était « les bons vieux policiers parisiens [qui] poussaient les enfants dans les bus » (*ibid.*). Pendant un temps, il a été plus facile d'oublier, comme il avait autrefois été plus facile de fermer les yeux sur ce qui se passait dans les camps, non loin de villages français. Pourtant, nombreux sont les Français qui n'oublient pas et n'oublieront pas, d'autant plus depuis la reconnaissance de l'implication de l'État français, en 2002. Une forme de culpabilité pèse donc sur les épaules des citoyens, puisqu'ils partagent la nationalité des bourreaux des familles juives françaises, de tous les enfants du Vél'd'Hiv.

Quelle que soit la forme prise par la culpabilité,

elle se développe dans des proportions importantes, de sorte que la thématique se diffuse d'un bout à l'autre du roman. L'enquête apaise quelque peu Julia, tout comme la nouvelle prise de position de l'État français, mais la culpabilité reste cependant latente et ne semble pas pouvoir s'estomper entièrement.

LE PUBLIC

Le succès d'*Elle s'appelait Sarah* est indéniable : le roman a en effet été traduit en 38 langues, a reçu quelques prix, mais a également été adapté au cinéma.

Aussi, malgré la rudesse des thèmes abordés, l'histoire parallèle de Julia et Sarah se veut destinée à tous, tant aux adultes qu'à la jeunesse. Pour traiter de tels thèmes, l'auteure a adopté plusieurs techniques dont chacune permet un rapprochement plus aisé entre lecteur et protagoniste, ce qui rend le propos accessible aux plus jeunes et aux âmes sensibles :

- **le devoir de mémoire et l'aspect pédagogique**. Au fil de la lecture, *Elle s'appelait Sarah* esquisse les fondements d'un impératif moral tout contenu dans une sentence répétée à divers endroits du roman : « *Zakhor, Al Tichkah.* Souviens-toi. N'oublie jamais. » (p. 364) Ce devoir de mémoire apparait ici essentiel : il est l'objet de la quête de Julia, celui qui mènera Sarah à sa perte. Dès lors, le message prend forme pour le jeune lecteur : il ne faut jamais oublier les évènements passés, et de surcroit, ne pas garder le poids du passé sur ses propres épaules. Le passé influence les actes posés aujourd'hui : il est dès lors nécessaire de ne jamais cesser d'en parler, pour ne pas oublier, ni reproduire les mêmes erreurs. Dans un même temps, le roman pousse aussi à apprendre à tourner la page pour pouvoir avancer. La communication semble s'imposer comme la solution face aux non-dits, aux secrets, aux questions suscitées par l'horreur et l'incompréhension ;

- **des images pour appréhender l'horreur**. Face aux actes ignobles commis envers la population juive, face à la mort du petit garçon de 4 ans et à l'histoire de la survie d'une fillette de 10 ans, les mots ne suffisent pas toujours à exprimer, décrire et expliquer les faits à de jeunes lecteurs. Cependant, l'auteure est parvenue à le faire grâce à un champ lexical animalier, bestial. Ainsi, à force de répétitions, le lecteur parvient à concevoir les conditions dans lesquelles ont été maintenus les prisonniers juifs : « Les gens pissaient et déféquaient où ils pouvaient sur le sol dégoûtant, honteux, brisés, recroquevillés comme des animaux. » (p. 50) Les conditions horribles dans lesquelles ils évoluent en viennent à rendre fous les gens, à les transformer : ainsi, « sa mère n'était plus qu'un petit animal soumis. Elle ne parlait plus. Elle pleurait en silence » (p. 87). À mesure que ces conditions se détériorent, les comparaisons deviennent de plus en plus dégradantes : désormais, les soldats se comportent avec sa mère « comme si elle était un morceau de viande » (p. 111). Ainsi, les images permettent aux lecteurs, en particulier aux jeunes lecteurs, d'appréhender un peu mieux l'horreur ;

- **une parenté avec le journal intime**. Le traitement des évènements relatifs à Julia tient en quelque sorte du journal intime. De fait, l'héroïne se confie totalement au lecteur alors qu'elle ne le fait par moments, ni avec sa famille, ni avec ses plus proches amis. Le ton de la confidence est renforcé par l'utilisation du pronom personnel « je ». Le lecteur peut dès lors s'identifier plus aisément au héros dont il suit les aventures : c'est d'ailleurs un ressort régulièrement utilisé en littérature pour la jeunesse. Même si Julia a passé la quarantaine, l'identification est possible, puisqu'elle est très spontanée, voire impulsive, et s'interroge beaucoup sur le bienfondé de ses décisions. En cela, Julia Jarmond s'apparente à une adolescente qui doit faire des choix, les assumer, tout en apprenant à vivre différemment ;

- **une enquête haletante.** La structure narrative permet enfin au jeune lecteur de se sentir happé, pris dans l'histoire contée dans *Elle s'appelait Sarah*. L'enquête menée par Julia, tout comme l'histoire parallèle de Sarah, maintient un suspense jusque dans les dernières lignes : Julia va-t-elle retrouver la trace de Sarah ? La rencontre entre les deux femmes aura-t-elle lieu d'une manière ou d'une autre ? Sarah décédée, Julia va-t-elle rencontrer son fils ? Toutes ces questions, le lecteur – jeune ou moins jeune – se les pose au fur et à mesure des pages. Ses convictions sont à plusieurs reprises ébranlées, ce qui le tient en haleine.

Dans *Elle s'appelait Sarah*, tragiques, les évènements sont racontés tels qu'ils sont, sans chercher à enjoliver ou à atténuer l'horreur. Malgré cela, le roman de Tatiana de Rosnay peut être aussi bien lu et compris par un public jeune, plutôt adolescent, que par un public adulte. Pour tous, dans la perspective du devoir de mémoire, le roman s'avère particulièrement éclairant sur un épisode méconnu de la Seconde Guerre mondiale (1939-1945) : la rafle du Vélodrome d'Hiver.

PISTES DE RÉFLEXION

QUELQUES QUESTIONS POUR APPROFONDIR SA RÉFLEXION...

- Le roman nous propose plusieurs visions de la famille. Quelles sont-elles ? Développez.
- Analysez le personnage de Bertrand. Quelle est son attitude vis-à-vis de Julia, sa femme ?
- Pourquoi Julia identifie-t-elle à ce point sa fille Zoë à Sarah ?
- Comment peut-on expliquer la réticence de William à découvrir la vérité sur sa mère ? Justifiez votre réponse.
- Comment expliquez-vous l'entêtement, voire l'obsession, de Julia Jarmond dans sa recherche de Sarah, puis de son fils ? Expliquez.
- Pensez-vous que le roman soit adapté à un jeune public tel quel, sans explication complémentaire ? Expliquez votre réponse.
- Tatiana de Rosnay affirme : « Je me suis toujours intéressée à la mémoire des lieux. Je reste convaincue que les murs gardent en eux la trace et l'esprit de ce qu'ils ont pu abriter

en évènements douloureux. » (in *tatianade-rosnay.com*) Comment comprenez-vous cette citation par rapport à *Elle s'appelait Sarah* ? Développez.

- Quelles informations ce roman apporte-t-il sur l'état d'esprit de la population française sous l'Occupation ? Et à l'heure actuelle ? Développez vos propos.
- Pensez-vous que le rapport des Français à la rafle du Vél'd'Hiv a changé suite au discours prononcé par Jean-Pierre Raffarin lors de la commémoration du 60e anniversaire de cet évènement tragique ? Expliquez.
- *Le Rapport de Brodeck* (2007) de Philippe Claudel (écrivain et réalisateur français, né en 1962) évoque les camps de concentration, comme c'est aussi le cas dans *Elle s'appelait Sarah*. Quelles sont, d'après vous, les similitudes et les différences entre ces deux romans ?

Votre avis nous intéresse !
Laissez un commentaire sur le site de votre librairie en ligne
et partagez vos coups de cœur sur les réseaux sociaux !

POUR ALLER PLUS LOIN

ÉDITION DE RÉFÉRENCE

- DE ROSNAY T., *Elle s'appelait Sarah*, Paris, Le Livre de Poche, 2010.

ÉTUDE DE RÉFÉRENCE

- PAOLINI E., « La rafle du Vél'd'Hiv', symbole de la collaboration avec le régime nazi », in *lefigaro. fr*, 16 juillet 2017, consulté le 16 aout 2017. http://www.lefigaro.fr/histoire/2017/07/16/26001-20170716ARTFIG00009-la-rafle-du-vel-d-hiv-symbole-de-la-collaboration-avec-le-regime-nazi.php

ADAPTATION

- *Elle s'appelait Sarah*, film de Gilles Paquet-Brenner, avec Kristin Scott Thomas (Julia Jarmond), Mélusine Mayence (Sarah) et Niels Arestrup (Jules Dufaure), France, 2010.

Retrouvez notre offre complète sur lePetitLittéraire.fr

- des fiches de lectures
- des commentaires littéraires
- des questionnaires de lecture
- des résumés

ANOUILH
- Antigone

AUSTEN
- Orgueil et Préjugés

BALZAC
- Eugénie Grandet
- Le Père Goriot
- Illusions perdues

BARJAVEL
- La Nuit des temps

BEAUMARCHAIS
- Le Mariage de Figaro

BECKETT
- En attendant Godot

BRETON
- Nadja

CAMUS
- La Peste
- Les Justes
- L'Étranger

CARRÈRE
- Limonov

CÉLINE
- Voyage au bout de la nuit

CERVANTÈS
- Don Quichotte de la Manche

CHATEAUBRIAND
- Mémoires d'outre-tombe

CHODERLOS DE LACLOS
- Les Liaisons dangereuses

CHRÉTIEN DE TROYES
- Yvain ou le Chevalier au lion

CHRISTIE
- Dix Petits Nègres

CLAUDEL
- La Petite Fille de Monsieur Linh
- Le Rapport de Brodeck

COELHO
- L'Alchimiste

CONAN DOYLE
- Le Chien des Baskerville

DAI SIJIE
- Balzac et la Petite Tailleuse chinoise

DE GAULLE
- Mémoires de guerre III. Le Salut. 1944-1946

DE VIGAN
- No et moi

DICKER
- La Vérité sur l'affaire Harry Quebert

DIDEROT
- Supplément au Voyage de Bougainville

DUMAS
• Les Trois
  Mousquetaires

ÉNARD
• Parlez-leur
  de batailles,
  de rois et
  d'éléphants

FERRARI
• Le Sermon sur la
  chute de Rome

FLAUBERT
• Madame Bovary

FRANK
• Journal
  d'Anne Frank

FRED VARGAS
• Pars vite et
  reviens tard

GARY
• La Vie devant soi

GAUDÉ
• La Mort du
  roi Tsongor
• Le Soleil des
  Scorta

GAUTIER
• La Morte
  amoureuse
• Le Capitaine
  Fracasse

GAVALDA
• 35 kilos d'espoir

GIDE
• Les
  Faux-Monnayeurs

GIONO
• Le Grand
  Troupeau
• Le Hussard
  sur le toit

GIRAUDOUX
• La guerre de
  Troie
  n'aura pas lieu

GOLDING
• Sa Majesté des
  Mouches

GRIMBERT
• Un secret

HEMINGWAY
• Le Vieil Homme
  et la Mer

HESSEL
• Indignez-vous !

HOMÈRE
• L'Odyssée

HUGO
• Le Dernier Jour
  d'un condamné
• Les Misérables
• Notre-Dame
  de Paris

HUXLEY
• Le Meilleur
  des mondes

IONESCO
• Rhinocéros
• La Cantatrice
  chauve

JARY
• Ubu roi

JENNI
• L'Art français
  de la guerre

JOFFO
• Un sac de billes

KAFKA
• La Métamorphose

KEROUAC
• Sur la route

KESSEL
• Le Lion

LARSSON
• Millenium I. Les
  hommes qui
  n'aimaient pas
  les femmes

LE CLÉZIO
• Mondo

LEVI
• Si c'est un
  homme

LEVY
• Et si c'était vrai…

MAALOUF
• Léon l'Africain

MALRAUX
- La Condition humaine

MARIVAUX
- La Double Inconstance
- Le Jeu de l'amour et du hasard

MARTINEZ
- Du domaine des murmures

MAUPASSANT
- Boule de suif
- Le Horla
- Une vie

MAURIAC
- Le Nœud de vipères

MAURIAC
- Le Sagouin

MÉRIMÉE
- Tamango
- Colomba

MERLE
- La mort est mon métier

MOLIÈRE
- Le Misanthrope
- L'Avare
- Le Bourgeois gentilhomme

MONTAIGNE
- Essais

MORPURGO
- Le Roi Arthur

MUSSET
- Lorenzaccio

MUSSO
- Que serais-je sans toi ?

NOTHOMB
- Stupeur et Tremblements

ORWELL
- La Ferme des animaux
- 1984

PAGNOL
- La Gloire de mon père

PANCOL
- Les Yeux jaunes des crocodiles

PASCAL
- Pensées

PENNAC
- Au bonheur des ogres

POE
- La Chute de la maison Usher

PROUST
- Du côté de chez Swann

QUENEAU
- Zazie dans le métro

QUIGNARD
- Tous les matins du monde

RABELAIS
- Gargantua

RACINE
- Andromaque
- Britannicus
- Phèdre

ROUSSEAU
- Confessions

ROSTAND
- Cyrano de Bergerac

ROWLING
- Harry Potter à l'école des sor- ciers

SAINT-EXUPÉRY
- Le Petit Prince
- Vol de nuit

SARTRE
- Huis clos
- La Nausée
- Les Mouches

SCHLINK
- Le Liseur

SCHMITT
- La Part de l'autre
- Oscar et la
  Dame rose

SEPULVEDA
- Le Vieux qui
  lisait des romans
  d'amour

SHAKESPEARE
- Roméo et Juliette

SIMENON
- Le Chien jaune

STEEMAN
- L'Assassin
  habite au 21

STEINBECK
- Des souris et
  des hommes

STENDHAL
- Le Rouge et
  le Noir

STEVENSON
- L'Île au trésor

SÜSKIND
- Le Parfum

TOLSTOÏ
- Anna Karénine

TOURNIER
- Vendredi ou
  la Vie sauvage

TOUSSAINT
- Fuir

UHLMAN
- L'Ami retrouvé

VERNE
- Le Tour
  du monde
  en 80 jours
- Vingt mille
  lieues sous
  les mers
- Voyage au
  centre de
  la terre

VIAN
- L'Écume des jours

VOLTAIRE
- Candide

WELLS
- La Guerre des
  mondes

YOURCENAR
- Mémoires
  d'Hadrien

ZOLA
- Au bonheur
  des dames
- L'Assommoir
- Germinal

ZWEIG
- Le Joueur
  d'échecs

ISBN version numérique : 978-2-8080-045-41
ISBN version papier : 978-2-8080-045-58
Dépôt légal : D/2017/12603/765

Avec la collaboration de Florence Balthasar pour l'encadré sur « La rafle du Vélodrome d'Hiver », ainsi que pour les chapitres « Un roman sur la culpabilité » et « Le public ».

Conception numérique : Primento, le partenaire numérique des éditeurs.

Ce titre a été réalisé avec le soutien de la Fédération Wallonie-Bruxelles, Service général des Lettres et du Livre.